가을은 어디나 빈자리가 없다

가을은 어디나 빈자리가 없다

1판 1쇄 : 인쇄 2012년 11월 12일
1판 1쇄 : 발행 2012년 11월 15일

지은이 : 전금희
펴낸이 : 서동영
펴낸곳 : 서영출판사

출판등록 : 2010년 11월 26일(제25100-2010-000011호)
주소 : 인천광역시 계양구 효성동 200-1 현대 404-103
전화 : 02-338-7270 팩스 : 02-338-7161
이메일 : sdy5608@hanmail.net

사　진 : 김자윤
디자인 : 이원경

ⓒ2012전금희 seo young printed in incheon korea
ISBN 978-89-97180-21-9　04810
ISBN 978-89-97180-00-4(set)

일원화 공급처_(주)북새통
주소 : 서울 마포구 서교동 464-59 서강빌딩 6층
전화 : 02-338-0117(대표), 팩스 : 02-338-7160
이메일 : info@booksetong.com

가을은 어디나 빈자리가 없다

2012 · 서영

전금희 시인의 시집 출간을 축하하며

　수줍은 '유리맘'이라는 닉네임을 가진 전금희 시인, 골프 실력이 프로급이라는 그녀를 한실 문예창작 수업에서 처음 만나던 날, '시 공부는 처음이지만 열심히 배워 보고 싶다' 라며 수줍어하는 시심을 만날 수 있었다. 매번 시를 발표할 때마다 부끄러워했고 복사해서 가져온 시 원본을 내밀기를 매번 주저하곤 했다. 항상 다음 주에 가져올 시에 대해 걱정했고, 때론 어디로 도망가고 싶다고도 했다.
　그러던 그녀가 달라졌다. 시를 공부한 지 3년쯤 되는 지금 그녀는 마치 천년의 세월 동안 숨겨왔던 시심이 폭발하는 듯, 멋지고 깊이 있는 시들을 써내고 있다.

　전금희 시인이 써오는 시들마다 시의 맛이 살아 있어 독자들을 행복하게 했다. 시는 말하고자 하는 바를 직접 서술하는 장르가 아니다. 주제를 드러내지 않고 에둘러 표현할수록 좋다. 가능하면 말하고자 하는 바를 에돌아서 이미지와 상징의 통로를 거쳐 이성보다는 감성에 머리보다는 가슴에 다가가는 것을 좋아하는 시, 그 시와 친해질수록 독자들은 행복해 한다. 그런 시는 오래 살아남는다. 일제 강점기 시절의 계몽시보다는 정지용의 이미지 시들이 더 오래 살아남아 독자들의 사랑을 지속적으로 받은 걸 보면 알 수 있다.

　시는 이미지다. 시는 그 이미지 위에 번지는 상징이다. 시는 직설적인 서술의 길을 택하지 않고 이미지와 상징의 길을 택하여 에둘러 간다. 시는 이성보다는 감성에 호소하고

■ 가을은 어디나 빈자리가 없다

자 한다. 머리보다는 가슴으로 먼저 다가가 살며시 두드린다. 시는 일상의 낯익은 서술에서 벗어나 낯설게 하기의 영역으로 진출한다. 그리하여 새로운 시야, 새로운 해석, 새로운 비전을 보여준다. 독자들은 그 새로운 영역을 맛보고 싶어한다. 너무 평이하고 식상하고 흔한 시야와 해석과 비전은 시에 대한 관심을 더욱 줄이고 또 털어낼 뿐이다. 그런 점에서 전금희 시인의 시들은 주목받을 만하다.

전금희 시인의 시들은 시의 특질을 제대로 갖추고 있어 보는 이들, 읽는 이들, 같이 공부하는 이들을 기쁘게 한다. 다들 그녀의 시를 사랑하고 그 시 기법을 배우고 싶어한다. 그녀의 시 세계는 세계관이 특출나거나 요란하지 않으며, 일상에서 그다지 멀리 가지 않는다. 바로 자기 자신의 생활 주변에 머물면서 자신의 내면, 의식, 인생관, 생각, 사색 등의 영역을 시적 형상화해 놓고 있다. 다음 시를 보자.

아파트 가파른 계단이 나를 밀어냈어
데굴데굴 구르면서 내가 너무 높은 곳에 살고 있다는 걸 알았어
쓰레기 봉지가 터져 뭉개진 포로들이 바닥에 와르르 흩어졌어
널브러진 생선 가시가 나를 쏘아보고
지느러미와 터진 창자가 슬렁이며 걸어 나오고 있었어
그 순간을 누군가에게 떠넘기고 싶었어
찢어진 봉지에서 마구 흘러나오는 소리들은
호미날이 되어 있는 손톱 속과
꽃잎처럼 날아서 어딘가로 날고픈 후각을 후벼 파고 있었어
아우성이 서로 엉기어 엉금엉금 바닥을 기어가고
비닐봉지는 바람 따라 궁시렁대며 혼자 뛰어가고 있었어

층계마다 허리춤을 잡고 도는 만나고 싶지 않은 추억이
걷거나 달리거나 서거나 해도 붙잡아 달랠 수가 없었어
바닥에 바짝 엎드려 허둥대는 여명이 야금야금
내 모습을 몰아 모퉁이로 야멸차게 밀어 버렸어
입구에서 바라보는 거만한 벽은 아무런 생각도 없이
금을 긋고 서서 무뚝뚝함으로 물끄러미 바라보고만 있었어
꾸역꾸역 벽을 먹어 치우듯이 당겨 던지는 통곡만이
뒤집힌 하루를 통째로 끌어당기며
닿지 않는 하늘 꼭대기까지 오르고 있었어.

- [그랬어] 전문

아파트 계단을 내려가다가 쓰레기봉투를 놓친 상황을 시로 빚어내고 있다. 아파트 계단이 시인을 밀어냈단다. 아파트 계단이 인격체를 가졌지만 나쁘다. 왜 아름다운 시인을 밀어냈을까. 데굴데굴 구르면서 비로소 자신이 너무 높은 데 살고 있다는 걸 느낀다. 단순히 아파트 층의 높이만을 얘기하지 않는 듯하다. 삶의 자리, 의식의 자리, 고뇌의 자리, 교만의 자리 등도 어쩌면 높은 데 살고 있었는지 모른다.

쓰레기 봉지 안의 포로들을 보라. 그들이 술렁이며 걸어 나오고 있다. 거기서 마구 흘러나오는 소리들은 호미날이 되어 있는 손톱 속과 꽃잎처럼 날아서 어딘가로 날고픈 후각을 후벼 파고 있다.

얼마나 절묘한 표현인가. 이런 표현을 보면 기존의 서술 위주의 시들은 고개 좀 숙여야 한다. 그리고 배워야 한다. 시적 형상화가 얼마나 어렵고 또 멋스러운가를 절감해야 한다. 시는 아무렇게나 쓰는 게 아니다. 시적 표현은 마치 언어의 마술사를 만나는 듯한 느낌을 줘야 한다. 생각이 없으면, 차라리 저 비닐봉지라도 따라가라. 바람 따라 궁시렁대

며 혼자 뛰어가고 있는 비닐봉지, 아니면 층계마다 허리춤을 잡고 도는 만나고 싶지 않은 추억, 걷거나 달리거나 서거나 해도 붙잡아 달랠 수가 없는 추억이라도 따라가 배워라.

넘어져 있는 화자는 바닥에 바짝 엎드려 허둥대는 여명과 만나지만 야멸찬 버림을 당한다. 거만한 벽마저 외면한다. 꾸역꾸역 벽을 먹어 치우듯이 당겨 번지는 통곡만이 뒤집힌 하루를 통째로 끌어당기며 닿지 않는 하늘 꼭대기까지 오르고 있다. '우와!'라는 감탄사가 절로 나오는 시적 표현 앞에 우리는 행복과 뿌듯함을 만난다. 시가 왜 그토록 오래도록 인류사 속에서 사랑을 받아왔는지를 실감하게 된다. 전금희 시인의 시들이 그런 선물을 우리 독자들에게 해주고 있는 것이다.

연신 차에 치이는 비닐봉지 하나
이른 새벽부터 부풀려져 떠돌며
힘없이 떴다 가라앉았다 한다
전혀 아픈 소리 없이

닥치고 또 닥치는
밀려오고 또 밀려오는
무거운 속력에 맨몸으로 부딪혀
두둥실 떠오르기만 한다

누군가에게서 이미
살아가는 법을 터득하기라도 한 듯
널브러진 몸매로 쉼 없이 검은 춤을 춘다

전금희 시인의 시집 발간을 축하하며

바람 삼키다 찢겨지고
머리통에 걸쭉한 피가 묻어나도
속마음은 여전히 쇠심줄이다

부풀었다가 홀쭉해져 꼬부라지면서도
한숨 소리조차 내지 않는다
아파하지 않는 병을 깊이 앓고 있나 보다.
　　　　　　　　　　　- [떠다니는 철인] 전문

　이번에는 바람에 떠다니는 비닐봉지에 전금희 시인의 눈
길이 꽂혔다. 연신 차에 치이는 비닐봉지 하나가 이른 새벽
부터 방랑의 길을 간다. 힘없이 떴다 가라앉았다 하면서.
전혀 아픈 소리 없이 그저 부풀려져 떠돌고 있다. 현대인들
이 맹종하는 속도와 속력에 맨몸을 부딪힐 때마다 운명처
럼 그저 두둥실 떠오르기만 한다. 마치 그게 살아가는 비법
이나 되는 듯, 바람에 찢기고 상처가 나도 숙명처럼 받아들
이며 춤을 춘다. 하지만 쇠심줄 같은 속마음만은 여전하다.
홀쭉해져 꼬부라지면서도 한숨 소리조차 내지 않는 존재,
그는 아파하지 않은 병을 깊이 앓고 있는 존재로 부각된다.
　한낱 볼품없는 비닐봉지가 이 시에서는 깊은 인생사를 경
험한 철학자로 떠오르고 있다. 어쩌면 세파에 찌든 현대인
의 고달픔이 인격화되어 자리하고 있는지도 모른다.
　시적 형상화의 솜씨가 세련되어 있고, 시상의 흐름이 아
주 자연스러워, 독자의 감성은 쉽사리 보편성의 영역으로
휩쓸려 들어가 공감대를 형성하게 해준다. 시는 이와 같은
특질을 구비해야 비로소 오래도록 독자들의 사랑을 받을 수
가 있는 것이다.

언제부터 함께 마주한 인연일까
어디쯤에 서로 서 있는 걸까

구석구석마다 덮어 씌워진 신경 쇠약
그 신음 같은 한숨이 송진처럼 굳어 간다

이명 현상으로 두 귀 막고
긴 그림자 깔고 꿈을 꾸다가

목마른 살빛의
팍팍한 살점들을 발등에 툭툭 떨군다

휘청이는 갈빗대 몇 개 지니고 보초를 서다가
빈번이 오가는 헤드라이트 피해

몇 개의 촘촘한 씨앗 달고 어둠 속으로 들어서며
단단히 문을 걸어 잠근다.

- [산과 길] 전문

　이 시에서 산과 길은 숙명적인 만남의 대상이 되고 있다.
언제부터인지 몰라도 둘은 인연을 맺었다. 마주한 인연! 누
가 먼저 원했을까. 그들은 제대로 대화라도 나누고 지내는
걸까. 어디쯤에서 둘은 잠시 멈추고 서로 진지한 대화를 나
눌 수 있을까. 구석구석마다 덮어 씌워진 신경 쇠약 그 신
음 같은 한숨이 송진처럼 굳어 가는 걸 길은 알고 있을까.
　어쩜 이 한숨이 길의 한숨인지도 모른다. 그래서 두 귀를
막는 걸까. 하지만, 긴 그림자 깔고 꿈을 꾸는 것도 잠시뿐,
결국 목마른 살빛의 팍팍한 살점들을 발등에 툭툭 떨구며

전금희 시인의 시집 발간을 축하하며

슬퍼한다. 필요악인가. 아니면 방치인가.

길과 산은 그 어떠한 노력에도 불구하고 결국엔 어둠 속으로 들어서며 단단히 문을 걸어 잠그고 만다.

이 시의 세계는 사랑과 길을 떠오르게 한다. 산이 사랑처럼 여겨진다. 마치 사랑 속에 길이 나 있지만, 늘 갈등하는 내면이 문을 걸어 잠그게 하듯이.

고요 내리는 언덕길에
키 낮은 속말 나르는
푸르른 기지개 켠다

하늘 오르려는 망울들이
오무린 마음 펼쳐 가며
환히 웃는다

목 뺀 그리움은
끈 풀린 꽃바람 따라
한낮을 껴안고 춤을 춘다

높다란 우주가
두 팔 벌린 꽃잎으로 숨어들어
몸을 뉘인다.

- [민들레] 전문

이 시에서 돋보이는 기법은 이미지의 절묘한 배치다. '고요 내리는 언덕길'에서 고요가 마치 눈처럼 내리고 있다. 거기에 '키 낮은 속말'이 배치된다. 바로 뒤에는 '푸른 기지개

가을은 어디나 빈자리가 없다

켠다'가 기다리고 있다.

　시각 이미지(고요 내리는, 키 낮은, 푸르른, 목 뺀, 끈 풀린, 두 팔 벌린)는 청각 이미지(속말, 꽃바람)와 어우러져, 구상(목 뺀, 오므린)은 추상(그리움, 마음)과 손잡고, 정적인 것(고요, 마음, 그리움, 우주)은 동적인 것(내리는, 펼쳐 가며, 춤, 뉘인다)의 도움을 받아 시의 맛과 멋을 한층 고조시켜 놓고 있다.

　이처럼 전금희 시인의 시들은 어느 것 하나 버릴 게 없다. 한 편 한 편 시적 특질이 고루 갖춰져 있고, 시적 형상화나 시상의 흐름이 우수하다. 여기에 모여진 시들은 이제 시작에 불과하다. 앞으로 그녀가 펼쳐 나갈 시의 세계는 무궁무진하다. 제2시집, 제3시집에 다가갈수록 그녀의 시심, 그녀의 시 세계는 보다 다양하게 보다 감동 깊게 펼쳐질 것이기 때문이다.

　전금희 시인이 한국 독자들뿐만 아니라 세계인들의 사랑을 받게 되어, 인류 문학사에 큰 족적을 남겨 주기를 간절히 바란다. 더도 덜도 말고 지금 이대로만 나아가 주면 된다. 그녀가 구축한 특수성이 인류 모두의 보편성에 더욱 짙게 더욱 감동적으로 다가가 주기를 소망해 본다.

　　　　－ 시심이 영롱히 빛나는 낭만의 가을 하늘 아래서
　　　　　　　　한실 문예창작 지도 교수 박덕은
　　　(문학박사, 시인, 소설가, 동화작가, 문학평론가, 사진작가)

전금희 시인의 시집 발간을 축하하며

첫 시집을 펴내며

2010년이었습니다.

지금까지 살아온 세월이 아주 많다고 느끼던 5월 한실 문예창작 수업을 견학했습니다.

변해가는 외모만큼 마음에서는 원동력의 연속성을 의식할 수 있는 연결을 간절히 바라고 있었을 때였습니다.

그곳에서 시와의 첫 만남이 이루어졌습니다.

내가 태어나 살았던 곳이 기억 속의 출발이 되어 별을 이고 반딧불을 쫓고 늘 깨어나 듣던 그때의 파도 소리가 지금은 행복의 근원이 되고 있습니다.

가을은 어디나 빈자리가 없다

그날 이 고독을 표현하고 느끼고 감동하게 해주는 지도 교수님을 천둥처럼 대면했습니다.

　　순간순간을 사색하고 아름다운 인생관을 갖게 도와준 한실 문예창작 지도 교수 박덕은 박사님께 진심으로 감사의 말씀 올립니다.

　　더불어 따뜻한 응원으로 감싸준 포시런 문학회 문우님들께도 사랑하는 남편과 아들 종진, 종건에게도 고마운 마음을 전합니다.

– 수채화처럼 익어가는 2012년 가을에,

유리맘 전금희

전금희

박덕은

우수의 꼭지가
만들어 낸
꽃자리

거기
속삭이듯 들려오는
우두의 숨결

휘돌고 버리꽂다
고이 맞잡은
시심의 눈빛

떨리듯 다가와
영혼의 울림으로
詩를 쓴다

마치
恨의 통곡처럼
회한의 절규인 듯

전율의 등들기에
투명한 깨달음을
와르르 쏟아놓는다

이제
천년의 고도를
산책하듯

낭만을 껴입고
사색의 여백을 데리고
총총총 걷는다

저리
청아한 선녀의
기품으로

저리
눈부신 감동의
발걸음으로.

전금희

박한실

별똥별이
베란다에 떨어질 때마다

봄꽃으로 피어난
애잔한 노래

고즈넉한 찻잔에 담아
오늘도 시심에 젖는다

가슴에는 이미
우두가 앉아 있지만

시선은 아직도
사랑의 향기에 머물러 있어

매번 시의 열매를
영혼 깊이 따 담으며

가장 파릇하고
가장 싱그러운 꿈을 꾼다

이제는
진정 원하는 나래를 펼칠 때

수많은 산야의 슬픔 위에
빛나는 신비를 뿌리며

훠이훠이
눈물의 강을 찬란히 날을 때

비로소 웅크린 고독을 열어
황홀한 깨달음을 쏘아 보낼 때.

차   례

1장 그립습니다

2장 우리들의 라일락은 몇 번이나 피고 졌을까

3장 가을은 어디나 빈자리가 없다

가을은 어디나
빈자리가 없다

1장
그립습니다

민들레

고요 내리는 언덕길에
키 낮은 속말 나르는
푸르른 기지개 켠다

하늘 오르려는 망울들이
오므린 마음 펼쳐 가며
환히 웃는다

목 뺀 그리움은
끈 풀린 꽃바람 따라
한낮을 껴안고 춤을 춘다

높다란 우주가
두 팔 벌린 꽃잎으로 숨어들어
몸을 뉘인다.

베란다 화초

비스듬히 순한 볕에 기대어
간간이 시의 영상 음악 듣다가

드라마 주인공의 비운 따라 훌쩍이다가
도란도란 핸드폰 대화에 귀기울이다가

웃자란 고독으로 솟아
외로움의 모서리 쥐고 바짝 힘을 주다가

창가 기웃기웃 흥얼거리는 봄바람에
연둣빛 그리움 꺼내 더듬다가

마음 풀어놓고 꿈길 빗장 열어
수줍은 꽃망울 살며시 터뜨린다.

봄

긴장 가득한 비탈길에
마디마디 부풀어오른 설렘
빗장 풀고 내밀면

부끄러워
무언가 속삭이는 듯
부스스한 아지랑이

풀잎 위에 앉아 있다가
반쯤 접은 생각으로
하르르 흔들린다

푸른 귀 달고
새로운 자리 틀고 있는
바람꼬리조차

어린 눈물 글썽이며
바라볼 수 있는 거리에서
해살거리며 간질이는데

가을은 어디나 빈자리가 없다

어쩌다 한 번쯤 지을 수 있는
연둣빛 내음 세워 들고
아주 조금씩 가녀린 숨을 쉬고 있다.

圓

촉촉이 띠 두른 은은함처럼
불같이 돌고 도는 열정처럼
평면을 죽도록 사랑하는 차바퀴처럼
빙그르르 촉기 담아 꿈 쫓는 눈동자처럼
서로를 깊게 다짐하는 계절의 설렘처럼
눈물 꼭꼭 채워 피어난 꽃씨처럼
동그랗게 가슴의 귀 쫑긋 세워
사랑을 그리는 의미 속으로
우주를 동그맣게 말아서
방울방울 빛방울 날리는.

커피잔

뜨거움이 담길 때마다
통증 스민 내면은
무수히 금이 간다

손금 살피듯
고단한 상흔 가닥가닥
꼬여져 기웃거리며

오래 아파하며 깊이 들어가
고개 숙이고 토라져
돌아 나오는 길을 잃어 버린

지나온 생의 골목과도 같은
잔금들이
돋아나 갈등하며

몇 마디 말로 살아남은
저희들끼리
은밀히 속삭이며.

이별 문자 메시지

눈과 귀 걸어 잠그는 뾰족한 글꼬리가
침묵을 잘게 부수며 다가선다

문지방 넘나드는 무뚝뚝함
한 자 한 자 들어올리는 눈동자에
소리 없는 미열이 뜨고

모서리로 내몰려 굳어지는 몸에
까만 점이 촘촘히 날아와 찍힌다

씀벅거리는 눈언저리에 맴도는 소리들은
먹먹한 아픔으로 줄지어 서 있고

한쪽 모퉁이에 앉아 서러움 비비며
누군가가 꽃처럼 만개한 그물을 던져
둥실 떠올려지고 싶은 간절한 마음

조금씩 쌓여가는 눈발 날리는 길가 끝쯤에서
가슴 쿵쿵 울리는 메아리처럼 아련히 돌아와
끊어질 듯 이어지며

향기로운 둔덕 향하는 그리움만 움켜쥐고

하르르 하르르

지금을 숨쉬는 중.

지하철에서

이어폰을 꽂은 채 경로석에 앉자마자
스르르 마음에 창을 내린 칠흑의 청년이
침몰한다

쪼글쪼글한 입술에
하이얗게 내려앉은 시간이
음악과 겹쳐진다

묵줄에 넘기는 비움으로
시선몰이 나선 몸짓 위에
조소의 눈빛들이 머문다

끌려다니는 가슴이 움찔하는 소리
답하지 않으려 입을 닫아건다

물기 머금고 깨어나
스쳐가는 무안함이 마음 아프다

손잡이에 무표정하게 고인
생각들을 매달고서
아릿한 느낌을 틈새에 끼워 달린다.

■■ 가을은 어디나 빈자리가 없다

시 쓰기

안녕을 묻고 답할 때 환한 웃음이 번져
자꾸 도지는 설렘은 강가를 돌아 내달리고
더듬거리는 버드나무에 분주하게 퍼 올려지는
자유는 한 올 한 올 초록을 향해 달리고 있다

한 다발의 꽃묶음이 입맞춤으로 길을 내어
추억끼리 등 기대어 뼈를 키우는 산길에
봄을 무동 태우는 물오른 피리 소리는
구성진 향수를 꽁무니에 매달고 취한다

떠나온 길이 버거워 되돌아서면
허공에 떠다니는 싱싱한 응답들이
차운 바위에 남아 있는 체온을 먹고
감춰진 본능을 만나 동굴 속으로 갇힌다

응시하는 눈시림으로 찬란히 몸 비비는 추억들이
전율의 시간 앞에 서 있는 꼿꼿한 형벌을 내리면
철들지 않는 숨 가쁜 시어들이
먼저 하늘을 달려간다.

1박 2일 여행

꿈꾸듯 더듬거리며 짙어지던 노을이
목소리 높이다 사라지면
932호 베란다는
줄을 놓아 버린 수평선 위로 쓰러진다

단단해진 고요가 짜르르 따라 움직이자
먼저 웃어도 웃지 않는 바람 조각들이
가슴에 글자 같은 실체를 꽂으며 쏟아져 들어온다

등대가 잠들고
영혼을 위로하는 여명이 찾아들면
파도에 시달린 모래톱 위로
머리 날리는 바람결이 먼저 걸어가고
거친 물무늬 숨결이 그 뒤를 따른다

밤새 준비한 사랑은 오롯이 소리로만 남아
돌아누운 마음을 바람에 실으려 애쓰고 있다

아직 잠깨지 않은 연민은 파도를 닮아 가고
웃음 깔리는 낯익은 곳으로 다시 돌아온 일상은
짐을 챙겨 창가로 다가서며 파도를 접는다.

숲

넉넉한 푸르름 끌어안고서
부풀어 오른 향내 내뿜으며
살고 있다

나뭇잎 사이로 걸러지는 빛은
지나간 자취를 남기지 않고
스며들어 잠들고 깨어난다

잎맥들은 바람에 포개지고
폭우에 시달려도 떨리는 숨결로 나부끼며
새로운 시간으로 서 있다

여름 쓰다듬어 녹여온 초록은
더이상 자라지 않아도 될 것 같은
음영陰影에 잠겨 있다

무뚝뚝한 적막함이 목메이고
일상과 잇닿아 있지 않아도
서로 주고받는 그리움으로

가을은 어디나 빈자리가 없다

앙금 남기지 않는
오늘을 마주한다
젖은 향기 속으로 퍼져 나가는 미세한 음파처럼.

현대인 · 1

넥타이에 묶인 우울증이
바삐 거리를 간다

간밤 잠 못 이룬 얼굴이
걱정을 만들며 간다

좌절을 주렁주렁 달고 사는 팔랑개비는
늘어진 초여름의 햇살에 짜증을 날린다

모내기 마친 얇은 들판 하나 품고 사는 몸뻬바지처럼
몸에 엉켜 있는 씨줄 날줄의 메아리가 허리를 편다

풀향기 눕는 대로 바람을 뒤따르던
조바심이 목 빼고 구경한다

제 스스로를 끌어안고 있는 안달은
둑길을 함께 걸으며 귀띔한다

버릇 하나만 고치면
아름다운 자기를 만난다고.

■ 가을은 어디나 빈자리가 없다

현대인 · 2

민둥 리듬으로
틀을 깨려 애쓰며 낡아가는
양날개 파닥이며 길을 간다

제 소리 죽여 끈적이는 목젖은
설레임 부추겨
시동 걸린 열정 기울이건만

할딱이는 혈맥을 만나
침묵의 소리에 귀기울이며 간다

스치는 바람이야 어차피 끝이 나겠지만
흔들리지 않는 영혼으로
사랑의 보폭을 넓히며 간다

단색으로 나눈 파리한 이야기들
목에 두른 채
한 눈금씩 길을 내며 간다

낡아가는 아름다움으로
슬며시 기지개를 펴며 간다.

하늘 정원

목화솜 이불자락
밟고 다가서는 여인

바랜 옥양목 접고 당기는
손놀림이 정겨워

넋 잃고 쏘다니는
추억 따라

닮고 싶은 대로
안고 품는다.

비 · 1

머리 풀고
잠 깬 영혼들이

긴긴 여운으로
거미줄 같은 번뇌 흔들어

사원을 지나
젖은 영혼에
잠시 귀기울이다가

뜨락에 머물러
침묵으로 지껄이다가

돌아오는 길에
비로소 숨 고르는
우아한 연주.

비 · 2

조잘거리며 통통 튀는
오늘의 소리

작별 인사를 위해 마음의 길 내며
어디론가 줄지어 떠난다

이리저리 밀려다니는 소리 따라
하르르 거품 같은 시간의 물결과 함께

어우러져 춤을 추는
자유로움을 향해
켜켜이 쌓인 그리움 하나씩 꺼내 놓으며

아직은 몽글몽글 젖어 있는
이야기의 만남에 귀기울이며

아무 일 없었던 것처럼
쓸려나간 마음밭을 새로이 품으며

또 다른 열정으로

쓰다 남은 긴 편지를 쓰듯
일상 속을 기웃거리며.

소낙비

한밤 두드리는 골 깊은 사연들이
곧추세운 아픔을 내려놓고 있다

시간의 비밀 통로를 횡단하려는 듯
사뿐히 내려앉지도 서지도 못한 채

타닥타닥 거친 숨 몰아쉬며
굽이굽이 쓰디쓴 설움 담고서

낚아채는 모든 것에 짧은 포옹으로
칠월의 회오리 같은 선율을 연주하며

후드득 후드득
다가서 손잡고 묶이려는 마음들처럼
돌돌 속앓이를 하며

줄줄이 쏟아지는 흥건한 그리움의 향기로
한여름을 가득 흘려 놓으며.

어떤 산책

한적한 외길로 들어서니
들풀들이 황톳길 따라 두 줄로 늘어서서 환호한다
호사스러운 군중 거느리기 흉내를 내본다
동화 속 공주처럼 한 손을 흔들어 가며
느리지도 빠르지도 않은 속도로 달려본다
소박한 자태로 솟아 꿈을 꾸는 잎새들이
폴폴 내뿜는 싱그러움 가득한 길에서는
하늘 닮아 있는 추억의 술 한 잔씩 건넨다
풀잎 끝에 매달린 영롱한 햇살이 시들어 버리기 전에
파란 바람이 쏟아져 내려 돌돌 감아 먹어 치우기 전에
하늘 저 멀리에서
저녁 새떼가 분주하게 흩어져 간다
까만 점 따라 떠도는 내 마음처럼.

유월의 장미

차마 놓지 못한 그리움이
속살 여미는 뜨거운 눈물로 누워
무거운 하늘 이고 야위어 가는데

푸르름 기대어 이끼처럼 간직한 꿈
입술에 차곡차곡 포개어져
볼 끝에 모아진 애절함으로 녹아내려

오가는 세월의 마음을 잡아 꿰어
요염한 자태로 흩뿌리며
바람까지 붉게 물들이고 있다.

그립습니다

불어오는 꽃향기 섞어 하얀 분 곱게 바르고
쓰다듬는 손 놓은 꽃상여는 순간을 잡은 채
아득한 시간을 출발하였습니다

빛을 밀어 올리는 배웅으로 찬찬히
분홍 꽃망울 눈부시게 웃으며 오라 하는
따뜻한 봄산으로 떠나고 있었습니다

퍼져 나가는 구성진 노랫소리가
터벅터벅 길모퉁이를 돌아설 때
가녀린 발자국이 찍혀 남았습니다

파르스름한 옥묵주 쥔 손이 금방 그리워
보채듯 반복된 사랑 고백만이
허공에 녹아 미끄러져 흘러내렸습니다

여태 보내지 못한 연민은
물가에 번지는 꽃빛처럼 고요히 물드는
그리움의 더께로 무늬를 놓고 있었습니다.

강둑에는

젖은 발로 쏘다니던 바람이
꽃향기에 취해 잠시 걸음을 멈춘다

소리 없이 내리던 꽃비는
찬란한 기다림 속을 달린다

더러는 풀숲에
더러는 강물로 뛰어든다

잊혀진다는 슬픔보다도
위로가 필요한 발걸음으로.

두부

그늘진 터널을 수런수런 걸어 나온
푸념들이 하얗게 쏟아져 내린다

부서진 기다림의 밀밭자락에 싸인 채
노릇노릇 눈물어린 유서를 낭독한다

못다 한 말들이 다닥다닥 붙어
알알이 속앓이를 시작한다

주먹밥 속에 낀 꾸부정한 침묵으로
껌뻑이는 눈은 하얀 우울증을 앓고

돼지고기 머리 이고 마주한 한 잔 술엔
낭만을 베어 문 고독으로 내려앉는다

텃밭을 쏘다니는 꿈들을 수놓으면
새콤달콤 어린 맘 움켜쥔 채 꿈꾼다.

커피

알코올램프에
가냘픈 몸짓 살랑이며
또로록

한 자락 뉘어 밟고
오롯이 피어 내리는
수줍은 열꽃

촉촉한 입술에
엉겨붙는 애무처럼
내뿜는
감미로운 속내음

저녁놀 물고
소리 없이 달아올라
보드랍게 거니는
포말의 영혼

애잔한 갈빛향으로
하늘하늘 퍼 올리는
따스한 인연.

자화상

곧추세워 내걸린 하얀 말들과
탈출하지 못한 채
실핏줄에 막혀 뒤척이는 붉은 몸뚱이
가지런히 마주 놓고 들여다본다

말캉말캉한 색소를
들이부어
휘휘 젓는다

외로 두 번
좌로 두 번
돌리며
주름으로 번져 가는 너를 본다

이제
내가 너에게
마지막으로 해줄 수 있는 건
열꽃 돋은 이마 애틋이 감싸
그대로의 너를
가장 짧은 시간 안에
환원하는 일이다.

사랑 고백

맑게 갠 파란 하늘 닮은 너를 만나
두근거리는 소리로 대화를 주고받다가
끌어안으려는 마음 되어 실 같은 미소를 띤다

물기 머금은 땅 위에 한 송이 꽃을 마주하고
눈가에 떠오르는 환한 속내를 맞아
미소로 달려들어 화사함을 듬뿍 마신다

둥실 떠다니는 아름다운 구름과
살아오고 살아갈 이야기를 버리고 나열하며
평화로운 마을이 펼쳐낸 풍경을
가슴에 담는다

심포니를 연상케 하는 호숫가를 지나
자연의 오묘함에 지긋이 취해
메말랐던 마음숲을 적시며
멋스런 사고를 손질한다

노을이 찾아들면 나무 타는 냄새와 함께
소리의 둥근 원 안에서 달처럼

가을은 어디나 빈자리가 없다

긴 여행을 한다

둥지 찾아 날개 접는 통통한 새처럼
넓은 시야를 날아
매끄러운 털을 만지듯 부드러운 느낌으로
지금 여기를 살아 너를 만나고 싶다.

계곡의 봄

색색의
고운 자갈 들추면

튀어 오를 듯 반기는
연둣빛 속살 내음

치렁치렁
사선의 지층 무늬 품고

뾰족이 내미는
수줍디수줍은 자태

돌돌 말린 묵은 이야기
솔솔 풀어 흘리다가

노릇한 그리움으로
가득 채운다.

도편수

허공 후려 내민 서까래
하늘에 걸고

부드러운 곡선 찾아
걸친 처맛자락

펴진 부챗살 뉘인 끝이
저만치 아름다워

아린 손끝에 맺힌
주름진 뚝심

살아 숨쉬는 무늬에
넋 잃고 반해

천년 구름 보듯
혼 부르는 사나이.

쾌이 강가에서

부스스
피어오르는
새벽 물안개

소리 없는
하얀 낭만 되어
춤춘다

삐쭉 내민
추억의 틈에서
춤사위로 너울거리며

다가서는 영혼의 숨소리에
떠도는 환영처럼
손짓하며

뜨거운 숨결로
굽이굽이 흐르는 연주가
사랑스럽다.

팜츄리

깊숙이 파고드는 햇살 걸치고
그을린 그리움 보듬고 있는
촉촉한 눈빛이 눈부시다

바람에 날리는 낭만의 끼는
싱아 향기에 물들어
흐르는 취기를 휘젓고 있는데

허기 끝에 매달린 꿈은
여태 언덕배기 해거름 쫓다
노을과 눈 맞추고 있는데.

첫눈

미처 떠나지 못한 낙엽
성스러움 덮어
잠재우는

까맣게 묻어둔 이야기
부스스
선잠 부추기는

유리창 입김 불어
뽀얀 그리움의
꼬리연 날리는

알랑거리며
길 나선 방랑
끌어안고 입맞추는

가슴방 훈훈한
온기 찾아
심지 돋우는

이미 망가져 버린
추억 속으로
멀미 같이 내리는.

천제연 폭포

저 멀리
뜬구름 걸친
산머리

가파른
낭떠러지를
곤두박질쳐

세상의 것
모조리
벗어 던지고

긴 여운으로
물안개 날리며
구름옷 입고

굽이굽이
외길 바위를
휘감고 돌아

비로소
산허리의 샛길과
하나가 되다.

파련정의 바람

둥근 연잎 위의 서글서글한 눈망울 곁에
차르르 웅크리고 앉아
뿌루퉁한 볼 톡톡 건드리고 있다

연미색 꽃망울의 윙크 속으로 슬며시 스며들어
먼 곳에서 오는 이의 걸어올 길을 매만지다가
긴 하품으로 촉촉한 눈을 감고 오수를 즐긴다

아주 오래된 그리운 발걸음 소리에 귀기울이다
한아름 고목의 이끼에 배여 있는 그날의 추억을 어루만지다
목을 삐쩍 내밀고 궁금해 하는 물풀의 입술을 꼭꼭 눌러 주다

송사리떼 따라서 요리조리 맴을 돌다가
한들거리며 부풀어오르는
성미 급한 그리움 따라 아장아장 길을 나선다.

포도

떠도는 고요들이
고스란히 흘러들어
옹기종기 멍들더니

깨물어 삼키는
속울음으로

농익어 터지는
보랏빛 사색의
단내.

사계

산그늘 밟고 찾아온
오랜 세월

보리밭 이랑을
서성이면

보고픔은 익어
누렇게 달려 있고

여름 소낙비는
맘 쏟아 휘휘 돌자 한다

불 냄새 번지는 날 저녁이면
서걱거리는 단풍 끝에
대롱대롱 매달려

차갑고 무뚝뚝한 겨울엔
눈 밟고 다녀가는
하얀 발자국에 눌려

하늘가 구름으로 고여 있는
한마디는
숨 몰아쉬듯 헛기침을 해 댄다

눈물로 녹아드는
창호지처럼

깡말라 버린
출구 없는 그리움은

색바랜 모습으로만
틀어박혀

갈밭의 시들어 버린
쭉정이로 내려앉는다.

산장에서

여름 산봉우리와
가을 나르는 구름이
함께 껴안고 있다

간밤의 비
아침까지 마음 두드리고

푸르름과 겹친 정
한없이 흘러 쏟아져

한나절 골짜기는
향기 은은하다

바위 틈새 물소리는
휘말리듯 명랑한데

초저녁 찾아온
하얀 달과 사색은
여태 헤어질 줄 모른 채
서로 껴안고 있다

바위 아래 마음 얹어
이별하는 회포를
눈에 담아 볼까

산새를 하루 더 닮고파
돋아날 밤별을
애타게 기다리고 있다.

그리움 · 1

고향의
촉감처럼
그대를 만나

낯익은
산처럼
그대를 품고
재워도

도무지
잠들지 못하는
내 영혼

내쳐야 할
무엇이 있다고
산바람은
이리도 거칠게 부는가

슬픔이 자꾸 흐를라치면
어느새 다가선 그대가
희멀겋게 웃고 서 있다.

가을은 어디나 빈자리가 없다

그리움 · 2

이젤 위에 얹혀져
서성이는 신비한 세계

거울 속에서 웃고 있던 밀어는
홀연히 뛰어내려 흐르는 환희를 즐기고

휘도는 바람 속을 떠돌다
후두둑 빗소리에 날개 접은 나비처럼

나뭇잎새에 떨어진 별빛 되어
고운 이에게 전하는 가슴의 온기

헛기침에 그만
발그레 부끄러워한다.

양귀비

간밤에
보고픔 한 뼘
웃자라서

마냥
어질게
덧칠하고

오가는 바람
정성껏
마중하다

낮달 두고
한 잔 술에
그리 취해서

젖은 걸음 모듬다
비스듬히
쏟아져 흐른

가을은 어디나 빈자리가 없다

그
빨간
그리움.

문학에의 노크

두려움으로 싸매어 태운
맘보따리 초라하다

가슴은 앞서는데
성급한 행렬은 자꾸만

부른다고 그러자고
오란다고 웃어 가며

내리꽂히는 속내로
낯설음과 마주한다.

가을은 어디나 빈자리가 없다

찔레꽃

내 어머니의 냄새로 피어
자기 색을 내기 위해

아래로부터 들어 올려지는
여름의 열정

모아 모아
스스로를 휘감은 채

배려 깊은 달콤함으로
하얀 얼굴 서로 비빈다

이 순간을 지켜보고 있던
5월과 함께.

해운대

열정의 물결에 떠밀려
차마 닻을 내리지 못한 채
제자리만 맴돌고 있다

수많은 이야기
엮어 껴입고
오가는 그리움 찾아

문탠로드길을 걷는 바람이
걸맞은 벗을 만나
갈맷길을 휘젓고 다녀도

올마당의 굿거리장단에
춤 한 자락으로 휘돌다가
때로는 깊은 심연에 빠져

오르지 못한 날개 접지 못해
내쉬는 크고 작은 숨결들로
파닥거리며 엉키어 산다

■■ 가을은 어디나 빈자리가 없다

오륙도 내다보는 비탈길
습기 어린 양자리에
기다림을 송홧가루에 실어 날리며.

장대비

하늘 입구에
외딴 구멍 내어 쏟고 있다

사방이
커다란 회색빛으로 흘러내린다

끈적끈적한 목울대로
땅을 두드리며
겹겹이 잠길 때까지
여기저기 울부짖음을 핥고 있다

길 위에 가부좌 튼 왕성한 추억은
거칠고 쓴맛 곁들여진 지난날을
다 삼켜 버릴 듯 소리지른다

시간의 뼛속까지 비틀어
휘어지는 친신만고의 가지에
모진 바람과 손을 잡다가
상념의 줄기를 뚝뚝 자른다

■■ 가을은 어디나 빈자리가 없다

그토록 가슴 두드리며
토해 놓은 말들을
단 한마디도 알아듣지 못한다

마침내
이른 새벽이
아린 이야기로 깨어난다.

2장
우리들의 라일락은
몇 번이나
피고 졌을까

있다면

이따금 부는 바람이
회양목을 지나며
작은 화단에 수놓던 그날

살랑살랑 흔들리는
나뭇가지 끝에 달린 마음
창가에 다시 돌이킬 수 있다면

지금까지 아무도 열 수 없게
봉해 버린 시간도
그땐 몰랐던 슬픔으로 서 있다면

뒤돌아보는 눈물도
이제서야 생각이 났어
반쯤 눈을 감은 오후처럼

이제 아름아름 먼 산으로
그날 그대로 닮은 하늘에
서로 환하게 솟을 수 있다면.

■ 가을은 어디나 빈자리가 없다

삶 · 1

까칠한 일상에
한 소절의 화음 깔아
노 저어간다

별똥처럼
깔리는 웃음 뒤로
외롭지 않다 속삭이며

아무렇게나 빗장 푸는
자유로움
오르내리는 그 코끝만 만지작거리다

카푸치노처럼
부풀대로
부풀어올라

속내 흘려
수런수런 뒤섞인
재잘거림의 촉수들이 된다.

삶 · 2

구부러지고 갈라지는 흐름들이
손을 잡지 않은 채 나를 데려간다

더는 담겨지지 않을 꿈들이
흐물흐물한 허물로 덮인다

서로 알아볼 수 없이 애처로워
눈시울 적신다

총총 바쁘기만 한 별과 바람과
빗방울은 멀리서 손을 흔든다

비가 그치자 눅눅한 관절들은
인디언 춤을 추다 돌아온다

한 호흡씩
바람이 들어찬다
뼈마디마다 서서히 구멍이 뚫려
이윽고 뜨거운 숨과 달빛이 스며든다.

가을은 어디나 빈자리가 없다

비로소

만나고 싶은 사색을 불러
함께 오솔길 걸으면

명상으로 디딤돌 놓아
툇마루 시간 속에 들어앉으면

선율에 마음 엮어 줄 세우고
흐르는 달콤함 맛보면

끊기지 않는 의식의 줄을 잡아
추억에 잠든 영혼 건져 올리면.

胎動

할머니가
신호등을 무시하고
6차선 횡단보도로 들어선다

천천히
까마득한 먼 길을 가듯

시끄럽던 길바닥도
눈에 모를 세워 줄을 긋던 시선들도
잠시 멈춘다

이윽고
잘 섞여진 침묵은 뚜벅뚜벅
평생 걸어온 보폭을 세는 듯 나아간다.

가을은 어디나 빈자리가 없다

한밤중에 · 1

달빛이 밤새
목덜미 핥으며 두리번거리는
낯선 산모롱이 물긋물긋한 곳에
나를 내려놓는다

그림자가 크게 흔들리고
말꼬리는 어물어물 작아져
헝클어진 채 자라난 머리처럼
상한 정신을 풀어놓는다

텅 빈 머리 위에 돋아 있는
혼란스런 시간 앞에서
이리저리 돌아다니다
꼭짓점을 찾는다.

한밤중에 · 2

커튼 뒤 키 큰 나무 그림자가
군데군데 엉겨붙는다

문득 달빛 바람에
펄럭이듯 떨고 있다

생각꼬리까지 흔들리다
누울 듯 다시 일어선다

무슨 말을 하고 있는지
무슨 말을 하려는지

이리저리
위아래로 속삭인다

슬픔인지 기쁨인지
이 밤 소통이 멀기만 하다.

시간을 깨키다

차르르 눈발 녹여 삼켜
솟아난 이야기로
그리움 줍던 어느 날 오후

깊게 스며들어
목도리 끝자락에 추억으로 꽃혀 사는
핑크빛 숨결

피할 수 없는
이별을 만지작거리며
구겨지던 몸처럼

어디로 갈지 몰라
두 눈을 감고
겨울 내음을 줍다가

마구 시린 발 문턱 넘어와
긴 호명에 눈뜰 때까지
눈송이 같은 묵상에 빠져들더니

■ 가을은 어디나 빈자리가 없다

어느새 옷자락 틈새에
굽은 추억으로 정돈되어
낯선 가슴을 빨아들이고 있다.

나의 바닥

자라고 있는 크고 작은 소리들이
허공을 두드리며 솟구치고 있다

파란 달이 뜨는 한밤중에
구부러진 두려움을 몸에 두른 채
발자욱만큼 희미해지며

주체할 수 없는 바람조각에 휩쓸려
차가운 어둠 속을 더듬거리며

오그라든 입술처럼 짭조름히
고인 침을 겨우 넘기며 엉금엉금

싸한 가슴 움켜쥐고 일어서다
혼자가 되지 못해 술렁이는 꿈들로
즐비하게 포개지며

두 발 받아 길 열어 주는
격동激動을 주워들고서
달빛 한줌으로 허기 딛고 다시 일어서며.

떠다니는 철인

연신 차에 치이는 비닐봉지 하나
이른 새벽부터 부풀려져 떠돌며
힘없이 떴다 가라앉았다 한다
전혀 아픈 소리 없이

닥치고 또 닥치는
밀려오고 또 밀려오는
무서운 속력에 맨몸으로 부딪혀
두둥실 떠오르기만 한다

누군가에게서 이미
살아가는 법을 터득하기라도 한 듯
널브러진 몸매로 쉼 없이 검은 춤을 춘다

바람 삼키다 찢겨지고
머리통에 걸쭉한 피가 묻어나도
속마음은 여전히 쇠심줄이다

부풀었다가 홀쭉해져 꼬부라지면서도
한숨 소리조차 내지 않는다
아파하지 않는 병을 깊이 앓고 있나 보다.

커피를 마시며

겨울 발자국 소리 들리는
따스한 창가에서
아침을 연다

앞에 놓인 차 한 잔에
고여든 여유로움 속으로
기대고 앉은 지난날과
지금이 뒤섞인다

여행길에 오르듯
오늘 하루를 만나
내가 나에게로 떠나는 시간

제 멋을 지닌 추억들과 홀짝이다
그려진 화폭보다 적은 여백을 마시듯
남아 있는 반잔을 마저 마셔 버린다

지금의 이 마음을
반쯤 더 접으면 어떤 의미가 될까.

가을은 어디나 빈자리가 없다

이른 아침에

코트 깃 세운 꿈들이
타래 엮이듯 길을 간다

휘날리는 머플러를 만지작거리다
하늘 향해 비상하는 마음 낚아채
묵묵히 앞선 행렬 따라가지만

남아 있는 신호 하나
할딱이는 건널목 앞에
멈춘 발자국이 바튼 숨을 내쉰다

먼저 새치기하며 달려도 소용없다
사거리 신호대기 앞에서 꼼짝없이
시간을 세우고 줄을 선다

만나자고 약속한 적 없지만
다시 얼굴 보자 다짐한 일도 없지만

그 시간 그 길 따라
걷고 있는 우리는
오늘도 이렇게 함께라야 한다.

나의 남편

아름다운 에너지로
가슴 촉촉이
물방울 하나하나 적셔 물무늬 그리듯
곱게 어루만져 가는 당신

성깔이 먼저 뛰어가
쉬이 상처 받아 오롯이 아픔 피우며
손닿지 않는 무지개 쫓아다녀도
말없이 손잡아 주는 당신

자질구레한 얘기들까지
하얗고 파랗게 색칠해 가며
그 속에서 울고 웃으며
품어 주는 당신

두툼한 속내 고단한 물기 말려 가며
더이상 깊어질 수 없는 곳까지
마음 하나로 버티어
두 발로 중심 잡아가는 당신

아득한 그리움 꺼내 들고
그림자에 취해 춤추는 동안
가을빛 투명하게 건너는 은발 되어
인연 보듬는 당신.

감기

빈 울림으로 다가와
쪼글쪼글한 입술에서 콜록이는 비명을 꺼내어
앉았다 눕는 반복의 혼줄 쥐고
관절 마디마디에서 파닥이는
너

충혈된 영혼 묶어 놓고
눈동자 깊이 고여 있는 시간 안에서조차
가장 작은 초점까지 비집고 들어와 내통하며
곤한 눈물마저 휘저어 말리는
너

하얀 오한 촘촘히 박힌 푸른 옷 입고
추위에 떨며 여명 속에서 두 손 내밀 때
지나는 바람인 양 내 연민까지 외면하는
너

욱신거리는 어지러움이 문 열고
자글자글 익어 가는 핏발로 걸어 나오면
알아들을 수 없는 날 선 침묵으로

가을은 어디나 빈자리가 없다

끊임없이 유령처럼 노래만 불러대는
너

새벽까지 잘게 부수며
자면서도 나를 지키는 애증으로
피붙이처럼 서로에게 몰두하는 모습이
어쩜 나랑 똑같이 닮아 있는
너

먼 훗날까지 생을 짊어지고
서로에게 갇혀 살겠다는 약속이 없는 한
이제 더이상 마주보며
서로의 이름을 부르지 말자는
너.

집에 돌아와 익숙함을 베고
누운 주방부터 칼질을 시작한다

어느 순간 묵은 살림살이가 자유를 얻고
마침내 날이 선 광택으로 바뀐다

시큼한 땀에 젖은 시끌시끌한 이야기들은
종량제 봉투 안에 갇혀 부리와 꽁지를 접는다

입관 되는 아픔들이
주위를 맴돌며 안부를 묻는다

턱 괴고 있는 몰입이 그리움 끝에 멍하니 누워
핏줄 타고 퍼지는 콧노래를 잡아끈다

차가움 움켜진 새벽이
중얼거림으로 일어나 커튼을 열자

서툰 염려가 힐끔힐끔 하늘을 핥고
파편으로 튕겨진 이유가

훑는 발자국 속 뒤척이는 힘줄을 당긴다

홀로 침묵에 싸여 손 놓은 붉은 추억들은
둥실 떠올라
회색 주름자락 촘촘한 회한 속으로 몸을 디민다

이윽고
죽은 듯이 몰려 앉아 있던 쓴웃음이
서서히 날아오른다.

어느 날이었어 난 나의 부재를 탓하고 있었어 · 1

TV에 빨려들어 나만의 공간에서 밀려나고 있었어
생각의 여백이 없었으니 난 말을 갖지 못했어
눈을 뜨면 쏟아지는 것들의 홍수 속에 매몰되어
둥둥 떠가는 시간이 나의 주인이 되어 있었어
얽히고설킨 소음에 정신을 잃고 떠밀려
굴렁쇠 구르는 횟수만큼 속물의 순간순간이
스냅사진처럼 일렬로 서서 나를 괴롭혔어
쓴웃음 날리는 광기가 되어 마지못해
가슴 앞서 이명 어린 귀가 아침을 여는
비릿함 마주한 거울 속 나를 위로하고 있었어
시들시들 시들어 버릴 것 같은 일상에서 벗어나
회색빛 울타리에 갇혀 휘날리는 옷자락을 여미고
텅 빈 마음으로 새소리에 귀를 쫑긋 세우고
파릇한 풋보리 냄새에 젖어
마음샘 안으로 총총한 별빛을 불러 모아
새털구름에 눈 맞춘 채 중얼거리고 있었어
"이제부턴 내 영혼을 지켜야 해."

어느 날이었어 난 나의 부재를 탓하고 있었어 · 2

하루를 열면 어제와 오늘이 자리바꿈하고
시간과 공간 사이를 넘나드는 불면의 발자국 따라
당나귀처럼 처진 귀와 울먹이는 퀭한 두 눈이
눈가의 잔주름과 흰머리를 한 바퀴 훑고는
소유의 덫을 장식처럼 두른 낡은 정강이 내려다보며
아린 신음 털어 내지 못해 절뚝이고 있었어
풍요 속의 빈곤에 허덕이는 곤혹스러움으로
주저앉아 엷어진 웃음을 받아든 채
평화와 고요를 즐길 수 있는 낭만을 만나고 싶어
달빛 별빛이 놀고 있는 언덕을 기웃거리고 있었어
저고리 옷고름 풀어 마른 가슴에 어제의 말을 묻고
허기진 다락방에 누워 미이라처럼 굳어진 청춘을 쓰다듬어
기장도 바르게 동정도 때묻지 않게 다시 접어 두었어
체와 척이라는 가식의 옷을 벗어 한 점 허물로 걸어 두고
낯선 뜰에 새살 돋는 마음의 시어를 만나고파
잔잔한 꿈들이 숨쉬는 잔 숨결을 끌어안고
샛노란 찻잔 속을 휘휘 젓고 있었어.
그렇게 여명을 맞이하고 있었어.

가을은 어디나 빈자리가 없다

어느 날이었어 난 나의 부재를 탓하고 있었어 · 3

핏줄에 헹궈낼 수 없는 한기가 들어차면
키 작은 침묵이 곱은 채로
머리 위를 배회하고 있었어

길을 나선 노파심은
헤드라이트 불빛만 쫓다 목이 걸리고
시린 무릎만 어루만지고 있었어

뚝뚝 부러지는 외로움에 보대끼어
고향에서 올라온 잔별 뒤지다 잠이 들면

손톱 할퀸 벽을 훌훌 허물어
주름져 찌든 때를 벗기고서
오르내리는 노랫소리 마중하고 있었어.

우리들의 라일락은 몇 번이나 피고 졌을까

닝닝한 가을 새벽을 흔들어 대고
바리게이트 담장을 목소리로 넘다가
우러러본 하늘이 비에 젖어
우왕좌왕 청바지로 모인 발자국은
속리산 고독한 고목에 텐트를 쳤다

시월의 골짜기는 얼어
침낭 속 하얀 입김까지 추위를 탔다

작은 손전등 불빛 아래 시작된 토론은
결론도 없이 밤을 지새우다가
완행 열차를 타고 서울로 상경했다

놓아 주지 않는 무언가에
굵은 핏줄만 세우던 목소리는
하늘을 오르다 지쳐서
어데론가 뿔뿔이 흩어져 사라져 갔다

띄엄띄엄 마주한 얼굴들은
밝은 옷을 걸치고 목소리 높이며

주름살에 귀를 쫑긋 세우더니
젊은 시절의 달빛을 다시 들추다가
월세를 두드리며 먼저 떠난 친구를 그리워하면서
리본 두른 추억을 주고받으며 헤어졌다.

하루 斷想

산그늘 밟고 선 연민이
정 그리워 냇가를 건넌다

자잘한 자갈더미 사이에
눌려 있던 기다림이 허공에 길을 놓아
지나는 바람의 허리춤을 잡아 세운다

다하지 못한 이야기가
한꺼번에 쏟아지는 팔월의 여름처럼
내리쬐는 햇살 아래 옹알거림으로 날아오른다

야들야들 춤추는 한낮의 열정은
파닥이는 날개로
계절 나르는 구름을 뒤쫓는다

비 내리던 어제처럼
오늘도 쓸쓸할 틈이 없다

새소리에 음표 그려 날리다가
흔들리는 넓은 잎새 위에

가을은 어디나 빈자리가 없다

높은음자리 올려놓는다

갯가 끝나는 어디쯤에서
들꽃 같은 말 귓가에 스미면
일상의 상흔 구둑구둑 말리며
풀벌레 앞장 세워 길섶 걷는다.

아들이 시험에 떨어지다

잔잔한 피아노 소리가 멈추고
잠시 바다를 보고 오겠다는 짤따란 통보가
몇 초의 비상 사이렌처럼 고막을 에워싼다

미끄럼 타듯 실핏줄이 줄줄이 나오더니
모서리부터 차곡차곡 침묵을 쌓는다

거실의 불을
끈다

519동 하늘에 뜬 희뿌연
저 달,
창동역 지하철 소리만 듣다가 멍하니
아름드리 소나무 위를 덤덤히 지켜 서서
젖은 눈빛을 신앙처럼 끌어안고 있다

하늘 한쪽에 기대선 비장悲壯한 얼굴이
놀이터의 그네 되어 사라졌다 머물렀다를
반복하고 있다

아들아
너의 프리즘 속 명쾌한 색을 찾아
뚜벅뚜벅 현관문을 들어서거라

아들아
하나의 마음을 섬기는
줄어들지 않는 자기 사랑으로
내 눈동자 속에 들어 있는
너의 푸른 눈빛으로 걸어오거라.

터

아늑한 기운이 마중나와
살 부비며 걸쳐지는 이정표 저 너머
사라진 시간 조각들

고즈넉함이 흐르는 툇마루 결 따라
회한의 눈빛
몸속을 헤집고 떠돌아

대롱대롱
갈색 시렁에 매달려
여전히 나를 살게 하는 연민

등겨 품은 영근 아궁지
붉은 순무 짠지 눈물 닦는
풀 먹은 무명치마 사박사박

화폭으로 번지는 우물가
낡은 두레박에 퍼 담은 타래 세월
젖은 뜨락을 잔잔한 무늬 되어 거닐고 있다.

가을은 어디나 빈자리가 없다

좋겠다

무언가 하면 재미가 있는
그런 기분 좋은 떨림이면
좋겠다

꼬리표 다 떼어 버려도
무지갯빛 테두리 안에서
아무렇지 않으면
좋겠다

습관에 길들여지지 않은 채
그냥 가는 길이면
좋겠다

떠나는 사랑 가슴 아파도
순간의 스침이라 여길 수 있으면
좋겠다

막이 없는 투명한 순수함으로
언제까지나 고요할 수 있으면
좋겠다.

고독

누구도 반길 여유 없는
뒷전

저마다
애드벌룬 높이 띄우는 하늘가

기억까지 놓아 버린
조갈증만

짧은
겨울 해

꼬리 잡고 도는
달빛에 섞여

외길로
숨쉬듯 따라다닌다.

가을은 어디나 빈자리가 없다

탱고

하늘에서 내려진
열정의 몸부림

둘이서 하나인 듯
환생한 팔색조

미끄러지듯
밀고 당기며 스르르

구름 위를 휘말려
떠가며 소르르

선율도 취해 돌고 도는
환상의 카리스마.

그랬어

아파트 가파른 계단이 나를 밀어냈어
데굴데굴 구르면서 내가 너무 높은 곳에 살고 있다는 걸 알았어
쓰레기 봉지가 터져 뭉개진 포로들이 바닥에 와르르 흩어졌어
널브러진 생선 가시가 나를 쏘아보고
지느러미와 터진 창자가 술렁이며 걸어 나오고 있었어
그 순간을 누군가에게 떠넘기고 싶었어
찢어진 봉지에서 마구 흘러나오는 소리들은
호미 날이 되어 있는 손톱 속과
꽃잎처럼 날아서 어딘가로 날고픈 후각을 후벼 파고 있었어
아우성이 서로 엉기어 엉금엉금 바닥을 기어가고
비닐봉지는 바람 따라 궁시렁대며 혼자 뛰어가고 있었어
층계마다 허리춤을 잡고 도는 만나고 싶지 않은 추억이
걷거나 달리거나 서거나 해도 붙잡아 달랠 수가 없었어
바닥에 바짝 엎드려 허둥대는 여명이 야금야금
내 모습을 몰아 모퉁이로 야멸차게 밀어 버렸어
입구에서 바라보는 거만한 벽은 아무런 생각도 없이
금을 긋고 서서 무뚝뚝함으로 물끄러미 바라보고만 있었어
꾸역꾸역 벽을 먹어 치우듯이 당겨 번지는 통곡만이
뒤집힌 하루를 통째로 끌어당기며
닿지 않는 하늘 꼭대기까지 오르고 있었어.

하리 갯벌

외롭게 주문을 걸고 있는 그물망이
앙상한 허리춤 부여잡은 채
낭창낭창 노을의 숨결을 마중하고 있다

휘적휘적 비린내 발라내던 바닷갈매기는
천천히 유영하듯 낡은 조가비를 더듬고 있는
설움 위로 날고 있다

꼼지락거리는 모든 게
아득한 인연의 엮임으로 애잔하고
가슴 촉촉한 웅얼거림조차
바람 소리를 닮아간다

소리 내어 울 수도 없는 세월은
사색 드리워진 한 자락 물길을 열고 닫으며

절귀진 고독으로
떠난 인연에게까지 살내음 섞어
안부를 묻는다.

나는

사위는 노을 등에 지고서
빛바랜 수건으로 온몸 털며
갈빛 침묵으로 덮여 가는 들판길로
머문 듯 걸어오는 그 여인이 그립습니다

외진 모퉁이에 콩서리 한아름 앞에 놓고
푸슥푸슥 타는 불티, 연기 밴 몸으로
빠알갛게 물든 숨결로 오롯이 서서
빨려들 듯 솟는 불길을 바라보고 싶습니다

애달픈 향기 깔린 들국화 길에
올망졸망 겹겹이 들어앉아
은은한 달빛 타고 내리는 서리만
하얗게 맞고 있는 그리움
오늘밤은 꼭 만나고 싶습니다.

탑

자욱한 잿빛 연기에
휘감겨 저문
저녁

주춧돌 위에
그리움의 멍들이
이어지고 포개져

처절한 아름다움으로
젖은 낙엽
머리에 이고

흘려보낸 침묵의 무게에
골 패여 주름진 몸으로
애달퍼

후드득
눈물 떨구며
하루를 산다.

어떤 하루

뜨거운 햇살이 잎새 말리는
이글거림 머리에 이고

번지르르 땀방울
살갗마다 열꽃 피워

초록물에 잠긴 풀꽃과
숨바꼭질하다가

7월에 흠뻑 빠진
살구나무 지나서

솔솔 피어오르는
솔향기에 잠시 빠졌다가

낭떠러지 오르내리는
산자락에 오붓이 묻혔다가

하얀 깃발 요정 만나
머리 숙여 깍듯이 인사하고

해바라기 하던 님과
헤어진 뒤

하염없이
노을 따라 물든다.

가을 낙서

하늘을 보면
눈이 베일 듯 시려 오고
파란 공기는
가슴속을 사르르 녹여 내린다

애써 기억하지 않아도
달구어지는 그리움
훅훅 불어 젖히는
잎새의 축제에 귀기울인다

아름답게 풀어놓은 음악의 서곡처럼
엉켜가는 환상의 소리에
이별을 서러워하는 마음들이
은은한 눈빛 촉촉이
서로서로 인사를 나누고 있다

철없이 오락가락하며
끊임없이 벗을 것 다 벗고
내놓을 것 다 내놓아 가며

쓰다듬어 내리는 몸짓들이
아린 고독으로 쌓여 가는 오후에.

어린 시절

햇살이 눈부셔서
졸고 있는 수수나무
흔들어 깨어 놓고

열 발가락 곤두세워
머리채 더듬고 휘어잡는
마른 아지랑이 어지러워 눈떠 보면

새초롬한
깜부기 두 개
서 있다

하나는 반쯤 따 먹고
하늘가에 놓아두고

하나는
달빛 먹고 밤새 자라면
배고플 때 와 따먹어야지.

철판구이 친구들

굽은 허리로 불길을 버텨 가며
가쁜 호흡 몰아쉬는 새우

짭조롬한 바다 그리워하며
럼주에 젖어 살갗 태우는 바닷가재

갈색의 온기 덮고
흐물흐물 속 터진 거위 간

아무 데나 기대고 널부러져
사연 펼치는 송이버섯

와인으로 몸 축인 채
춤추는 불꽃 속에 침묵처럼 누워 있는
빗살무늬 스테이크

오징어 먹물 덧바르고 거무스름한 화장발로 서서
메로의 살내음 가득한 샤스핀에 빠져 있는
얼굴 창백한 밥알들

화려한 진보랏빛 걸치고 앉아
흰 속살 가슴 요염하게 열어젖히고서
살짝 살얼음 쓴 망고스틱

은은한 원두커피 향에 취해
복숭앗빛 낭만 불러 칸소네 리듬 타고 어우러지는 누드 등

후라이팬에 쏟아진 열정으로 달구어지며
깔끔한 꼬깔모자 닮아가는 나의 각진 하루.

나의 나

웃음 와르르 쏟아지는 곳을 찾아 떠나겠어
인천 공항 검색대에 호루라기 부는 여직원은
가방 속 작은 스킨병을 비닐봉지에 담아 주었어
이제 화려한 면세점을 지나 조용히 마음의 해와 달을 찾아
갈 시간
천천히 움직이는 에스컬레이터 위를 걸어 구름도 없는 허
공을 향해 가다 보면
인파 속에서 수상한 연기를 하는 나는 금방 두고 온 내가
그리워져
쉽사리 흔적 내려놓지 못하는 나의 나가 싫어서
늘어난 불안을 뒤적이며 무언가를 찾고 있어
조금씩 어긋나고 실망하여도 늘 기다려 주는 나의 나
머리 질끈 묶고 화장기 지운 얼굴로 달려가고 있어
기착지에서 기다리는 나의 나를 테러리스트로 몰지도 몰라
지금은 푹신한 흰구름에 올라앉아 높은 만큼 더 깊은 말만
키우고 있어
조금 후 별자리 분사되는 낯선 곳에서
짜릿짜릿한 전율로 두 팔 벌려 만개한 나의 나를 만나보
겠지
그때까지만 오로지 출구 찾아 나의 나를 소모消耗하고 있어.

가을은 어디나 빈자리가 없다

똬리 틀기

미움 앞선
편승의 굴레에
오늘이 무겁다

동아줄 타기가
벽돌담 안에서
이영차 이영차

해체된 이념들은
한참이나 편들기 하다
엉거주춤 주저앉더니

굴레를 벗어나
어느덧
오늘의 삶이 된다.

내 고향 강화도

그리움이 언덕을 넘으면
찔레꽃 향기 불고 있을까

해풍 벗삼는 섬가 걸으면
억새풀 부대낌 반겨 줄까

총성이라도 서너 발 울리던 날
굽은 허리 하늘 보던 이들 안녕하신지

싸릿대 바구니 가득 채운 나물 안고
들국화 꺾으며 집 찾던 그 길은 여전한지.

황산

아득히 먼 몇 천 년 전부터
웅장한 자태 굽이굽이 껴안은 정적의 세월이
총총叢叢이 다가서서 경이로움으로 인사한다

겸허한 얼굴에 긴 주름이
오래도록 고독의 근원을 따라 묵묵히
엷은 물안개 손 내밀어 서늘한 영혼을 펼치고 있다

높은 봉우리만큼 자아를 높이고
낮은 골짜기는 회음벽의 메아리로 채우고
푸르름으로 기다림의 밀어를 품어 간직한다

노송의 연리지에 바람 한 점 불지 않아도
하늘 향한 아련한 사색의 뿌리 나눠 쥐고서
사이사이를 비집고 떠 있는 구름처럼 내려서서 말한다

시작도 끝도 서로 같다면
눈과 마음 열리는 촉촉한 기쁨으로
지금을 다시 시작할 일이다.

연리지

여린
애달픔으로
촉촉이 젖은 가슴

기꺼이 살을 내어 주며
맞잡은 언약과
마주한다

나비 날고
바람 지나가고
푸른 비 내려

두 손 펼쳐
밤 새워 꺼내 놓은
심장의 온기

끌어들임이 아닌
내어주는 배려로
서로의 꿈을 나르고 있다.

함지박 안에는

거실 한 모퉁이 그릇에
먼지 덮어쓴
소라를 닦아 주다 보니
잊고 있던 바다가
출렁이기 시작한다

불그름한 고둥과
노르스름한 조가비가
머나먼 깊은 바다로부터
떨어지지 않으려
어깨동무로 스크럼을 짜고 있다

커다란 파도와 맞겨루던
뼈 시린 시절부터
먼 길 돌아 그리움 끌고 온 맨발들을
가지런히 놓고서

그 뒤를 뒤밟아가다
어느새 내가
바다로 들어와 있다.

어떤 귀가

좁은 둑방길 꺼질 듯 외로운 들길에
자줏빛 웃음 흘리며
겹으로 타오르던 노을이 지면

멍울 어깨에 메고
구름처럼 나고 지는 아픈 생각들을
꼬챙이에 꿰어 들고 길을 간다

서러움 풀어헤치며 환영을 쫓아
시든 꽃잎같이 구둑구둑 말라가는
물기 없는 비루한 영혼으로

마른 딱지 속 푸르틱틱한 입술에
엉켜 있는 꼬부라진 비움과
까만 손톱에 고인 외로움을 데불고서

고무신 한 짝을 움켜쥔
눈물방울로
허공을 가로지르는 빛이 되어

가을은 어디나 빈자리가 없다

제 그림자 끌어당기는
바스락거리는 소리로
자신을 되돌아보며.

반쪽의 하늘 아래서

심연으로부터
스멀거리며 올라오는 시어들이
마치 으스스한 공동묘지의 나무들 같다

상처 자국으로 얼룩진
철침대에 멈춘 발걸음이
코끝의 아린 내음에 묻혀 굳어진다

후텁지근한 날씨를 덧칠한
메모장에 나뒹구는 그림자는
나의 현재를 알아볼 수 있을까

뜸들이거나 망설이거나
두려워하지 않고 자연스레
절망하는 여백과 대화할 수 있을까

의미가 꼬이지 않게
선명한 문장을 끌어당기는 힘을
지금 자라게 할 수 있다면

가을은 어디나 빈자리가 없다

잘 익은 은유 덩어리로
가득 들어찬 감성의 소리 덧씌워
즐거움과 만나보고 싶다

길 잃은 망망한 바닷가에서처럼
침잠되지 않는 빛을 쏘아 올리는
등대를 만나 기뻐하고 싶다

회색빛 떠도는 그리움 다독이며
웃음 머금은 눈동자로
한숨 돌리는 아량을 밟고 서서

애원의 눈빛을
타령조로 읊조리며
다시 뜨겁게 반추反芻하고 싶다.

산과 길

언제부터 함께 마주한 인연일까
어디쯤에 서로 서 있는 걸까

구석구석마다 덮어 씌워진 신경 쇠약
그 신음 같은 한숨이 송진처럼 굳어 간다

이명 현상으로 두 귀 막고
긴 그림자 깔고 꿈을 꾸다가

목마른 살빛의
팍팍한 살점들을 발등에 툭툭 떨군다

휘청이는 갈빗대 몇 개 지니고 보초를 서다가
빈번이 오가는 헤드라이트 피해

몇 개의 촘촘한 씨앗 달고 어둠 속으로 들어서며
단단히 문을 걸어 잠근다.

가을은 어디나 빈자리가 없다

소주 타령

너는

늘 행복한 줄
알고 있었어

작은 잔에 담겨
누구와도 잘 어울리잖아

어떤 복장으로도 최고가 되어
불고 있는 바람결에도
종종거리며 뒤돌아서
위로의 찬사를 날려 주잖아

가슴속 깊은 곳에
주저앉은 외로움을 업고
바닥을 치며 일어서잖아

끝장내는 마음 풀어
나머지 남은 반병의 술로
강력한 예방접종을 해주잖아

팡팡팡
허공에서 허풍 떠는 못난 놈
모두 쏘아 눕혀 버리고는 두 손 털며
명중이라고 소리치잖아.

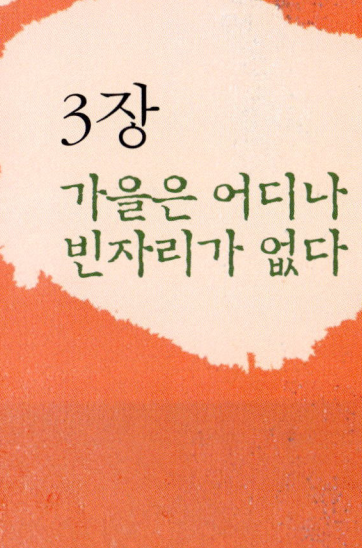

3장

가을은 어디나
빈자리가 없다

회상

안개 두른 섬가에는
그리운 향기가 산다
어디쯤엔가 서로 실리어

기다림의 아련한 길목에서
날갯짓으로 낮은 현을 켜는
환청이 되살아난다

시린 마음으로
하얀 여백을 들추어내는
그 무엇이 되어서라도

그 내음을 찾아야 한다
향수처럼 다시 스며드는
그 순간으로 돌아가기 위해.

강화도

꽂힌 꿈 빨아들이듯
간기 밴 나문재를
뜯어갑니다

불그스레 눈물 같은 갯풀 위를
혼절하는 물풀처럼
뜀을 뜁니다

바닷초 품어 안은
밀물 등에 지고
반나절 이겨낸 허기 품고 쓰러집니다

쪼르륵 돌아와 앉은 이야기
대낮에도 별천지로 깨어나서
초롱초롱 그날이 됩니다

세상 끝으로 불려지는 발걸음은
어여쁜 꽃으로 피어나
물을 첨벙이며 하얗게 돌고 돕니다.

그 연인

살짝 가려진 얼굴로
주위를 빠끔 쳐다보며
찰칵

넓은 챙모자도
찰칵

늘어진 리본자락에
낭만이 나폴나폴 날리며
찰칵

서로 어깨를 감는 미소와
반짝거리는 눈빛도
찰칵

커다란 안경이 먼 곳을 응시하면
길 그림자 하나 똑같이 후렴을 반복하며
찰칵

눈동자 굴러 오가는 소리도

■ 가을은 어디나 빈자리가 없다

굽 낮은 운동화가
청춘을 인화印畫하는 소리도
찰칵.

눈 오는 겨울밤에

발목 아래 찍혀가는
누군가의 오른쪽과 왼쪽
보폭을 나란히 한다

어깨 사이에 촘촘히
꽂혀 있는 친밀감이
문득 말을 걸어온다

함께 걷고 싶다고
그 목소리 듣고 싶다고
다시 또 보고 싶다고

지금 말을 해야 한다고
더 처절히 슬퍼지기 전에
당신을 사랑해야 한다고.

■ 가을은 어디나 빈자리가 없다

달

부풀린 물결 끌어당기며
거슬러 오른다

저린 아픔으로
숨을 쉬며

뻘의 맨바닥으로
싸늘히 퍼덕이는 춤을 추며

자유로움으로
조개껍데기에 천년 고요를 채우며

외롭고 고단한 두 팔 벌려
한밤을 들어올리며

하얀 별빛 껴안고
스스로 무르익어 온몸 더듬으며.

겨울나무

서리서리 넘실거리는
애틋함 지닌 채
바르르 떠는 그리움

하얗게
열리는 길가
내려다보며

물결 같은 침묵
오르내리는 눈발 속에
묻어 새긴다

가지 끝에 달린 허전함은
칼날처럼
저리 고요한데

밤새 뜨거운 가슴은
바람도 애써 불지 않는
순백 속으로 손 내민다.

■ 가을은 어디나 빈자리가 없다

눈꽃

전율로 감싼
아득한 세상

맵찬 바람에
떠는 그리움

언 채로 절묘한
고백 떨궈내다

싸늘 향기 날리는
아릿한 첫사랑.

12월

수줍어하던 꿈들이
숲을 덮여 가면

쏴한 향기
하얗게 걷는 수면 위에
새끼손가락을 걸어오고

애린 속살 떠도는 오솔길은
너울너울 채워지는 쌀쌀한 빛
켜켜이 껴안은 침묵 들고 여울목을 지나고

애수의 손짓 흔들며
기차에 오른 약속들은
구리종 목에 달고 길을 재촉하고

긴 잠 들기 전 제 그림자는
자꾸 커져 비대해진 그리움
목에 걸고서 한기에 떨고 있다.

미련 · 1

부슬부슬 가랑비에
젖은 눈길
명치끝을 끌어안는다

이미
한숨 같은 숨소리
케케 얹어 비틀다가

어지러이 뒤뚱이다
움켜지고 누워
그렇게 뒤척이다가

꿈꾸듯
자유로이 지워진 흔적으로
다시 만나리.

미련 · 2

벤치의 냉기가
등줄기 타고 흘러들어
야윈 어깨 내려다보니

서리 같은 속삭임
응어리로
뒹굴고 있다

짙은 안개 속 헤매다
빈 가슴으로
돌아오는 길

조금씩 들썩이는
흐느낌이
가슴 풀어헤치고 있다.

이별 뒤

시야에서 사라지는 순간
너와 나의 거리만큼 나를 버린다

엉뚱한 곳 턱 괸 사색에 잠겨
새침하다 허공 짚고 오르는 소리

울렁울렁 손끝으로 전해져
시간 안으로 뛰어가 숲을 맴돈다

비 다녀간 뒤 촉촉한 몸짓을
고스란히 침묵 속에 담는다

천둥 치면 하얗게 질린 너를 놓아야 하고
등골에서 주르륵 땀이 흘러내려도

흰 눈이 날리면 가느다란 가르맛길 쫓아
능선 떠도는 열정으로 얼싸안는다

더이상 오늘 널 사랑하지 못한다 해도
맘속 깊은 곳에서 널 만나기 위해

■ 가을은 어디나 빈자리가 없다

아픔 그대로
곧장 겨울로 가겠다.

너를 보내며

떨리는 손 포개 쥐고
눈시울로 낯익은 얼굴 더듬다가
하얀 국화꽃 한 송이 조촐히 뉘어 놓고
슬픔으로 구르는 소리 되어
갈랫길 위에서 길을 묻는다

불러나간 발걸음이
엉킨 소리 잡고 뒤뚱이면

한 번 더 찾지 못한 마음 비웃으며
피어오르는 향내 속으로 손 내밀어
이별 의식을 한다

딸아이 결혼식 그대로 영정 옷 되어
놓지 못한 연민
저고리 앞섶에 고이 새기듯

밀폐된 공간에 아득함으로 떠돌다
고정된 눈동자에 흐르는 안타까움
방울방울 읽어가다가

네가 주는 밥 한술에 목이 메여
집어든 종이컵에 눈물을 쏟는다

함께한 시간들이 한 눈금씩 길을 내어
허공과 허공으로 건너는 끈끈함으로
너를 기억하기 위해 지금을 껴안는다

고개 숙인 산기슭에 뼈를 세우고
현 되어 떨고 있는 네 영혼과 이 공간을 나누며
일생을 다 갈고 하늘문 열리는 날
남은 이야기 들고 너를 만나련다

그때까지
안녕.

가을은 어디나 빈자리가 없다

먼먼 아주 먼 저 산마루
그늘 데리고 사는 세월 아래
그리움들이 몸을 포개어
비탈로 쏟아져 내리고 있다

구름 한 점 없는 하늘 안에는
아쉬움의 크기만 한 절정이
세상 밖을 기웃거리며
사라지려는 듯 떠돌고 있다

몸속이 환히 보이는 추억을 지나
거슬러 오르며 솟다가 주저앉아
아파하는 그만큼 떨어져 있는
이삭 같은 꿈들을 줍고 있다

방죽에 남은 애처로운 미련과
억제할 수 없는 감정을 만나
물비린내 품어주던 가늘고 긴
전율로 드나들며 맴을 돈다

어디론가 떠나려는 생각들이
몽유병 닮은 사랑의 그림자 끌고
느릿느릿한 걸음으로 재를 넘어
흰 달빛 두른 채로 걷고 있다.

가을 들녘

저녁 물안개는
눈앞에 자취를 지우고
습관처럼 허허로이 떠도는 그리움은
종잇장처럼 들길 위에 나뒹굽니다

타작 되어 또아리 튼 이야기는
짚더미 위에 군더더기 나부끼며
하늘로 흐르는 길목에 서 있습니다

서리 맞아 시들어가는 들풀들은
이름 한번 불리지 못한 서글픔을
머리에 이고 퍼덕이며 눈물 글썽입니다

가까이서 숨쉬는 소리 없는 발자국은
비탈 타고 내려서는 빈 울림 되어
안개 속을 따라나섭니다

가슴에 박힌 누런 회한처럼
서걱이며 치솟는 낙엽 무리도
어디론가 길을 떠나고 있습니다

■ 가을은 어디나 빈자리가 없다

지난날 어우러져 기대 온 언어들은
서성이며 자리를 넓혀가더니
투명한 시간을 통과해 온 생각들과
몸을 섞고 있습니다

벌써 잎새 지워 뒷목 시린 나무에
깨알같이 박혀져 매달린 약속은
이미 둥지 틀고 앉은 꿈과 어우러져
겨울로 침잠하고 있습니다.

가을비

지난여름의 흔적 뒤엉킨 거리에
가로수 잔가지 마디마디 깨워 적시며
붉어진 몸속으로 들어가고 있다

저마다의 시간 위에
몸을 얹은 낙엽들은
스며드는 그리움 옆에 끼고
바스락거리며 적셔 가는데

향수처럼
허허로운 탈출을 시도하며
비움의 언어로 누워 있다가

파르르 떠는 철새의 날갯죽지 끝에
파르스름하게 우수의 그림자로 내려앉는다

가슴 어디선가에선
흐르며 고이는 살내음에
따스한 등불 밝히고 싶어
영혼의 비밀번호를 누르고 있다.

가을이 오면

향기로운 아픔으로
노랗게 물든 한 잎 단풍처럼
외로움과 더불어 살아가게 하소서

사고의 멋을 지닌 채
제 빛을 갈고 닦는
절대 고독의 길을 가게 하소서

내가 내게 반할 만큼
남은 시간
시들지 않는 꿈을 꾸게 하소서

끝까지 마음 놓지 않고
따뜻한 체온을 나누는
손길이 되게 하소서

영혼과의 기도로
자기와의 약속을 하며
낙엽의 아름다움으로 사색하게 하소서.

가을 강둑

한낮 늦더위에
졸고 있는 잔물결 들춰 눈 맞추니
파닥이는 소리들이 깨어납니다

떠내려가던 하루가 손 흔들면
높고 낮은 울렁임 가득한 가슴은
우북하게 자란 영근 풀섶 더듬어 갑니다

선명한 외로움이 고여 넘쳐도
길들여진 어깨 기대는 편안함
발그레한 노을에 물들어 갑니다

물안개의 키가 점점 자라서
촉촉한 숨결로 앉아 칭얼거리다
아릿한 그림자 꺼내 젖어 갑니다

가물가물 희미한 기억들이
다리 건너 눈물 같은 별빛 마주하다
보석 되는 꿈을 꿉니다

■ 가을은 어디나 빈자리가 없다

뜻 없는 바람 소리에도
기다림은 강가 등불 따라
애틋한 마음 발돋움으로 키워 갑니다

싸늘한 은달빛 무늬 좇아
저편 저문 강가 떠돌던 그리움은
새벽 뜬눈으로 돌아옵니다.

가을

다가서 부르지 않아도
능선 내려서는 바람이
마음 소리 들어 보라며
가까이 다가서네요

그리움 토하며
그림으로 남아 있는 뜨락에
단풍 덧입은 여백이
고삐를 풀고 있네요

붉은 융단으로 서서히 덮여 가는
빛바랜 고독이
영혼 속으로 하나되는
꿈을 꾸네요.

가을은 어디나 빈자리가 없다

표류

차가움 베고 누워
물 기웃대다가

화두話頭 하나 꺼내 들고
돌고 돌다

한 움큼의 꽃바람도
담지 못한 채

속내 비치는
오솔길 기다림조차

쪼아대는 가슴앓이
어쩔 수 없어.

한 끼 식사 앞에서

쭈그러진 날갯죽지를 늘어뜨린 채
발길보다 먼저 다가가 내미는
식욕으로 줄을 서서
덫처럼 살아 숨쉬는 허기진 배를 채운다

깊숙한 오한으로 자리잡은 마디마디에
울컥울컥 눈물이 고이고

취기를 휘젓고 흐르는 노래는
아무도 듣지 못할 푸르뎅뎅한 속울음 섞어
상한 어둠의 틈새를 비집고 퍼져 나간다

굴레의 끈을 풀지 못하는 곱은 두 손이
빨랫감 같은 보금자리 안아 들고서
짧았던 지난 축제의 꿈을 만지작거린다

낭만은 아직도 실눈 속에 엷은 빛으로 남아
먼 곳을 바라보는데

혼자가 된다는 건 아름다운 일임을 알면서도

■ 가을은 어디나 빈자리가 없다

혼자가 되지 못하는 두려움이
눈시울 적시고 있다

등 기댄 자리는 그대로 집이 되어
역겨움을 향수 같이 덧입고
수평선처럼 긴 서러움 속으로 침잠한다

허름한 모자 속에 남겨진 헐렁한 웃음은
끊어질 듯 이어지는 기도가 되어
어눌해진 몸 뒤따르는 그림자로 휘청인다

덧난 외로움은 시간을 갉아먹더니
꼬리 달린 슬픔과 겹을 이루어
지금을 살아내려는 영혼마저 맨바닥에 눕히고

살갗 타고 또르르 굴러와 멈춘 지난 나날은
응어리 담긴 상자 안을 뒤적이더니
홀로 뒤척이는 울분을 쓰다듬다가
벽처럼 서 있는 그리움을 안아 재운다

매달려 있는 마른 딱지 같은 기운을
한켠에 벌세우고 미안해하며
말을 걸어오는 생각을 붙잡고서
서둘러 다시 긴 허기 뒤에 줄을 서고 있다.

초가을 오후

반쯤 벌어진 추억 사이로
흐르는 침샘이
느슨한 한나절을 걷는다

어느 영화 속 조연으로
단역을 막 끝낸 헐거운 사연처럼
팽팽한 큰소리 잃은 오늘은
여전히 말이 없다

한켠에서 입김을 기다리다
식은 목덜미에 꽂힌 시선으로
온몸을 뒤지다 걸어 나오던
사색은 지금을 지운다

알 수 없는 분노들이
웃음을 기억하는 발자욱과 함께
무거운 신발을 갈아 신고서
여기저기 회한을 짓이긴다

욕심 없이 순해질 대로 순해진

살아온 중심들이 이리저리
기우뚱거리며 하나둘 파묻혀 간다.

물빛다리

미제지 호숫가에
황금빛 갈자락
퍼즐처럼 달고서

오롯이 잠긴 의미
오색빛으로
토해 새기고 있다

꽁꽁 숨겨 둔
방랑기마저
떠날 준비를 하면

으스스한 몸으로
멀어져 가는 발자국
길게 시선 늘여 보다

허탈한 가슴앓이로
그렁그렁
밤이슬 차며 걸어간다.

■ 가을은 어디나 빈자리가 없다